Texto de
Elizabeth Estava

Ilustraciones
Ramsés Davis

Si tienes algún comentario escríbenos a:
garviebook@gmail.com
Si buscas inspiración síguenos:

f **GarvieBook**

⊙ **@Garviebook**

CHEYA LA CAMELLA BELLA

Cheya era una camella hermosa como ninguna, con su par de jorobas inmensas que asemejaban montañas, su pelo rubio como la miel, sus largas y esbeltas patas, ojos inmensos y lindas pestañas.

En el pequeño Zoológico del pueblo, no había animal más admirado que Cheya. Siempre alegre Cheya cantaba, luciéndose orgullosa ante los demás:

"Me llamo Cheya, bella Camella,
por aquí paseo para que me veas,
la más alta, la más fuerte, la más bella,
Cheya camella"

Así pasaban los días, Cheya cantaba su canción paseando por el parque, disfrutando la compañía de sus amigos y esperando ansiosa la visita de los niños que iban allí a verla, celebrando lo alta y bonita que era.

Sus favoritos eran los fines de semana, era cuando más niños la visitaban, llevando sus frutos predilectos, para alimentarla y sobre todo, llenándola de elogios.

Por su parte, todos los animales del Zoológico reconocían las extraordinarias cualidades de Cheya; cada uno sabía que no había nadie más alto, más fuerte, más hermoso que ella.

Una mañana muy temprano, aún antes de la apertura del parque, se comenzaron a escuchar los rumores…. primero fueron las palomas, que siempre libres pueden llegar a donde nadie más, y escuchar todo aquello que dicen los señores del Zoológico.

Luego los loros y guacamayas, que después se lo contaron a los tucanes, que se lo contaron a los monos que se lo contaron…. ¡a todo el mundo! venían nuevos habitantes al Zoológico, llegaban de otra ciudad.
Una vez que se supo la noticia, todo se volvió un alboroto; había en el ambiente una mezcla entre expectativa, alegría, nervios, pero, sobre todo, mucha curiosidad por saber quiénes y como serían ellos.

Cheya estaba especialmente emocionada, a ella le encantaba recibir nuevos compañeros. Los últimos en llegar habían sido los patos, siempre juntos, armando escándalos por cualquier cosa, con sus colitas esponjosas y sus patas listas por echarse a nadar al lago.

Antes de los patos habían sido las tortugas, tímidas y discretas llegaron sin hacer ruido, muy cautelosas procurando pasar desapercibidas dentro de sus fuertes caparazones, pero aun así, Cheya logró percibir como dirigían sus pequeñas cabecitas a donde ella estaba, seguramente para admirar su brillante pelaje.

Todos quedaron impresionados por la altura de Cheya, nunca habían visto nadie tan alto como ella.

Finalmente las puertas se abrieron… con gran algarabía llegaban los nuevos habitantes del Zoo, todos ansiaban saber exactamente quienes serían….

Cheya salió contenta a saludar a los nuevos vecinos, iba con trote alegre y cantando su Canción:

*"Me llamo Cheya, bella
Camella, por aquí paseo
para que me veas,
la más alta, la más fuerte, la
más bella, Cheya camella"*

Y de repente escuchó una voz….
¿Una voz que venía de … arriba?, no… no es posible, ¿de dónde venía esa voz?

- ¡HOOOOOOLAAAAAA!
¡HOOOOLAAAAAAA! ¡AQUIIIIIIII!
¡ESTOY AQUÍ!

Cheya miraba en todas direcciones.
-¿Quien me habla? ¿dónde estás?
¿eres un ave?

Finalmente, girando su cabeza de un lado a otro Cheya vio unas patas…. cuatro larguísimas patas color beige muy claro con grandes manchas marrones y así Cheya se dio cuenta que debía mirar hacia arriba.

-Ho ho… ¡hola! Me llamo Cheya la Camella.

-Eso ya lo he escuchado, eres Cheya, tal vez seas la más fuerte o la más bella, pero la más alta ¡NO! la más alta soy yo. Soy Ivana, y soy una Jirafa, a partir de hoy vengo a vivir en este Zoológico.

- Bienvenida Ivana, vaya si que eres alta, ¡más alta que nadie!

-¡Así es! las jirafas somos las más altas siempre a donde vayamos.

-¡Un placer saludarte Cheya! -se despidió Ivana.

Cheya igualmente se despidió y siguió su camino, sorprendida porque nunca había visto una jirafa, pero contenta de tener una nueva amiga….

"Me llamo Cheya, bella Camella, por aquí paseo para que me veas, la más baja, la más fuerte, la más bella, Cheya camella."

Y mientras seguía cantando, su amigo el jabalí la interrumpió:

-¿La más baja? oye Cheya, ¿que ha pasado? ¡no eres la más baja! Cheya, ahora insegura le dijo:

-Pues no, no soy más baja que tú, pero si que soy más baja que Ivana. Y sintiéndose algo confundida, continuó:

*-Me llamo Cheya, bella Camella,
por aquí paseo para que me
veas, la más alt..ba… ¿ ?...*

Cheya empezó a sentirse muy confundida. Nunca había tenido dudas respecto a su estatura.

Y es que siempre había vivido en este pequeño lugar en el que hasta ahora, nadie era más alto que ella. ¿Cómo es no ser la más alta de todos? ¿Es bueno o malo?... y pensando en ello se fue cantando:

"Me llamo Cheya, bella Camella
por aquí paseo para
que me veas, la más fuerte, la más
bella, Cheya camella".

De repente, en su camino Cheya vio algo que jamás antes había visto, un animal como ningún otro. Tenía forma como de barril, con muy poco pelo y una inmensa boca. Estaba descansando con parte de su cuerpo dentro del agua. Entonces la criatura se percató de la presencia de Cheya y con mucha amabilidad la saludó.

–¡Hola! me llamo Gonzalo Soy nuevo en este Zoo. ¿Y tú? ¿Quién eres?

-Yo soy Cheya. Soy una Camella y nunca había visto nadie como tú, eres inmenso y seguramente eres ¡muy, muy fuerte!, el más fuerte de todos en este lugar.

Gonzalo, sonriendo le respondió:

-¿Nunca habías visto a un hipopótamo? ¿de verdad crees que soy el más fuerte de aquí? ¿es que acaso en este lugar no hay elefantes?

Cheya, aún sorprendida le dijo:

-Yo nunca había visto un hipopótamo, y no, en este lugar no hay de esos ele … ele no sé qué, ¿eres así tan fuerte como aparentas?

¿más fuerte que yo?

-¡Pues soy muy fuerte! todos los hipopótamos los somos.

Cheya estaba ahora más confundida aún; de un momento a otro, ya no era la más alta, ni la más fuerte.

A decir verdad, había muchos animales muy hermosos en el Zoológico, estaban los pavo reales, con sus preciosas y coloridas colas, las guacamayas con sus colores brillantes, los tiernos siervos con su mirada dulce y ni hablar de los caballos, a ellos Cheya realmente les admiraba, con sus crines brillantes y su elegante caminar.

Cheya era definitivamente hermosa, de eso no cabía duda, pero se había convencido así misma de ser más hermosa que todos los demás; y ahora con tanta novedad ya no tenía certeza de nada.

La linda camella se sentía muy triste; pero sobre todo, muy insegura de si misma. Ya ni siquiera sabía si era alta o no. Cabizbaja y pensativa, sin siquiera cantar su canción caminaba hacia su casa y al pasar por el estanque de las nutrias escuchó:

¡Ánimooooooo Cheyaaaaaaa! ¿porqué tan abatida?

Cheya, miró a las nutrias y con un hilo de voz les dijo: - Es que ya no se ni quien soy.

-No soy alta, ni baja, no soy fuerte ni tal vez sea la más bella. Ya no sé como podré destacarme. Las nutrias, divertidas se echaron a reír.

¡JA JA JA JA! ¿eso es todo? ¡JAJAJA! ¡Pero eso no es nada! ¡JA JA JA!

Nosotros somos pequeños, pero no los más pequeños, no somos fuertes y seguramente ¡no somos bellos! si no todo lo contrario:

¡Somos bien feos! ¡JA JA JA! Y, ¡siempre nos destacamos! -decía una.

¡Claro, claro que nos destacamos! -decía la otra.
-Nos destacamos porque ¡somos divertidas y graciosas!.

Y tu también te destacas Cheya, te destacas porque eres amable y amigable, porque tienes dos jorobas inmensas y una cara muy simpática.

—¡Y muy graciosa también! decía la nutria más pequeña.

Cheya, sorprendida y un poco más animada, siguió su camino mientras meditaba sobre lo que habían dicho las nutrias, quienes seguían riendo y bromeando.

¿Será así? ¿podré realmente destacarme aún si no soy la más alta, ni baja, ni fuerte, ni nada?

Al día siguiente, todo quedo claro para Cheya.

Cuando luego de abrir las puertas del Zoológico se vio rodeada de niños felices y sonrientes, sorprendidos y fascinados de verla, tanto a ella como a sus compañeros, todos tenían niños para admirarles por igual y cada uno a su manera destacaba entre los demás.

Así Cheya aprendió lo realmente especial que era y muy contenta siguió cantando:

"Me llamo Cheya, por aquí
paseo para que me veas,
bella camella, bella camella".

Fin.

Sobre la autora:

Elizabeth Estava nació en Caracas, Venezuela. Egresó como licenciada en letras de la Universidad Central de Venezuela. Realizó estudios de pedagogía en la Universidad Pedagógica Experimental Libertador en especialización de evaluación y herramientas del pensamiento. Su carrera profesional se desarrolló principalmente en el área docente. Impartió las materias de lenguaje y comunicación, literatura Infantil, problemática social del desarrollo en pregrado y castellano, literatura y psicología en educación media.

Made in the USA
Las Vegas, NV
27 May 2021